1

Cette nouvelle s'inscrit dans le projet **Pierres de Runes**

• Cycle de romans : *Pierres de Runes* :
  - *Livre I : La Pierre de l'Est*
  - *Livre II : L'Odyssée du Quatre-Vents*
  - *Livre III : La Bataille du Haut Royaume*

• Conte : *Fleur de Lune*

• Nouvelles :
  - *Enolynn et la Pierres de Runes*
  - *Un pont sur la Faille*
  - *Contrebande*
  - *Le Bouffe-Temps*

©Nicolas Risso, 2018

http://pierresderunes.blogspot.fr/

Contact : **pierresderunes@gmail.com**

Page facebook : **@ProjetPierresdeRunes**

Illustration couverture : Gilles Tassan

legilei@hotmail.com

www.pandorart.com

ISBN : 978-2-9548721-1-7

Enolynn et la Pierre de Runes

Nicolas RISSO

L'histoire contée précède de quelques années les évènements de *La Pierre de l'Est*

Enolynn était furieuse. Elle s'enfonçait dans la forêt dans un seul but : fuir la ferme familiale, au plus vite !

A la lisière des bois, la jeune fille avait ramassé une branche morte et passait ses nerfs, depuis, sur tout végétal qui se trouvait sur son chemin et semblait la narguer. Elle avançait d'un pas décidé en fauchant fougères, fleurs et branches de manière impulsive.

D'un naturel plutôt calme, voire rêveur, la fillette n'avait pas pour habitude de se mettre en colère. Et pourtant, elle venait de claquer violement la porte aux nez de ses parents. Ils l'avaient traitée d'inutile. « Inutile », ce mot résonnait dans sa tête et elle le cria énergiquement en décapitant un grand chardon. Enolynn avait fait une erreur, elle l'admettait, mais de là à la traiter d'inutile…

Elle avait emprunté un sentier sans vraiment y prêter attention, puis s'en était éloignée petit à petit en faisant mouliner son arme improvisée. Le regard sautant d'une cible à une autre, la jeune fille s'était progressivement enfoncée dans la forêt.

Enolynn frappa un bosquet de fougères et cassa son bâton sur la souche qu'il dissimulait. Le choc la tira de ses réflexions. En balayant les alentours d'un regard, elle ne parvint pas à se repérer… cet endroit lui était inconnu ! Elle avait dû marcher longtemps en ruminant ses pensées.

La forêt qui bordait la Val d'Azmo était plutôt dense et s'étalait sur de nombreuses lieues. Si le père d'Enolynn la connaissait parfaitement, ce n'était pas le cas de sa fille.

La petite azme fit demi-tour et chercha du regard le dernier bosquet de fougères massacrées. Elle l'aperçut et se positionna juste devant lui. Les plantes maltraitées tout au long du trajet allaient finalement lui être d'un grand secours. Elle pourrait revenir sur ses pas en suivant ses traces.

Enolynn mit immédiatement son idée à exécution. Mais si le principe lui sembla facile, la pratique le fut beaucoup moins. La jeune fille avançait en zigzaguant, les yeux rivés sur le sol. Elle retrouvait avec évidence certains endroits, pour d'autres elle hésitait….

Avait-elle vraiment cassé cette branche-ci ?

Ce bosquet était-il réellement abîmé ?

Elle marcha ainsi un long moment puis se redressa pour calmer son dos souffrant. Cette petite pause lui remémora les faits qui avaient précédé son départ :

Sa mère lui avait confié la cuisson des fèves vertes pour pouvoir s'occuper de son petit frère. Enolynn avait accepté d'un hochement de tête et s'était rendue dans la cuisine. Un coup d'œil dans la marmite l'avait fait soupirer… l'eau était à peine en train de bouillir. La cuisson des fèves vertes étant plutôt longue, la jeune fille s'était accoudée au rebord de la fenêtre pour observer le paysage, faute de meilleure distraction.

La fenêtre offrait une vue dégagée sur les Azmes : le rideau de montagne qui marquait la frontière Est du pays. La saison des Hautes-Neiges commençait à chasser l'automne et les montagnes blanches resplendissaient sous le soleil de la mi-journée. Enolynn s'évadait en s'imaginant grimper ces hauts sommets, laissant des empreintes profondes dans la neige vierge et admirant la vue. La vue devait être superbe à une telle altitude…

Totalement absorbée dans sa contemplation, la fillette avait oublié les fèves. Quand sa mère lui avait demandé, depuis la chambre, si c'était bientôt prêt, la jeune fille s'était précipitée vers la marmite avec un terrible doute…. Le problème des fèves vertes était que pas assez cuites, elles étaient acides, mais que trop cuites elles devenaient très dures. Un équilibre délicat qui nécessitait de l'attention.

Enolynn en attrapa une dans l'eau bouillonnante avec une cuillère en bois et souffla dessus avant de la porter à sa bouche. Elle se demanda d'abord si elle n'avait pas mordu l'ustensile… mais non, les fèves étaient fichues ! La jeune fille avait retiré la marmite du feu puis avait annoncé la nouvelle à sa mère, la tête baissée. Celle-ci venait d'affronter son petit frère pendant un long moment pour essayer de le nourrir, sans grand succès, et sa réaction avait été plutôt vive :

- Enolynn ! Qu'est-ce qu'on va manger maintenant ? On ne peut jamais rien te confier… tu es vraiment inutile !

La petite azme s'étira et inspira une grande bouffée d'air frais pour chasser ce triste souvenir. Elle détailla les alentours : une clairière bordée de chênes, une petite colline sur sa gauche et un gros arbre mort à quelques pas. La fillette était certaine de ne jamais être passée par ici. Elle était perdue !

*

De gros nuages voilèrent le soleil à cet instant et la forêt s'assombrit. Une certaine anxiété commençait à gagner Enolynn.

- Il ne sert à rien de paniquer ! clama-t-elle pour se donner du courage.

Elle inspira un grand coup et essaya de trouver des points de repère.

- Le plus important est de savoir de quel côté se trouvent les Azmes ! ajouta la jeune fille en scrutant toutes les directions.

Elle observa chaque éclaircie entre les arbres, mais le rideau de montagnes restait introuvable. Elle grimpa la colline et monta sur un rocher couché à son sommet, mais sans plus de réussite.

La fillette tenta une autre méthode, se rappelant les quelques leçons de son père lors de leurs excursions en forêt : elle ferma les yeux et analysa tous les sons perceptibles. Mais ni écoulement de rivière, ni voix lointaines ne lui parvinrent. Seul le bruissement des arbres et quelques chants d'oiseaux bravaient le silence…

- Rien qui pourrait m'aider ! chuchota-t-elle tristement.

La tension monta d'un cran. La petite azme était vraiment perdue, sans aucune idée de la direction à prendre. Plutôt que de se lancer au hasard, au risque de s'éloigner encore plus de chez elle, Enolynn s'adossa au rocher et se laissa glisser à terre. Elle avait quitté la maison en claquant la porte pour la première fois de sa courte existence, son père ou sa mère allait bien finir par venir la chercher ?

- C'est certain ! déclara-t-elle, à haute voix. Il suffit de faire preuve de patience !

Elle savait que personne ne l'entendait mais le son de sa voix la rassurait un peu.

Ainsi recroquevillée, les bras enserrant ses genoux, Enolynn attendit un long moment puis se mit à sangloter. Elle avait peur… et honte !

Honte d'avoir ainsi réagi face à ses parents qui, finalement, se donnaient beaucoup de peine pour elle et son frère. Honte de s'être lancée ainsi dans la forêt sans réfléchir… Et finalement honte d'avoir fait du mal à toutes ces plantes inoffensives !

La fillette fut prise d'une grande fatigue. Les feuilles des arbres, bercées par le vent dans un bruissement monotone, ne l'aidaient pas à rester éveillée. Elle commençait à avoir froid… puis ferma les yeux.

Aussitôt une image s'imposa : une fleur, mais pas n'importe laquelle ! Pendant son trajet, Enolynn était tombée face à une belle fleur bleue qui émergeait d'un bosquet. Impossible de se l'expliquer mais sur le moment cette fleur, encore fermée en plein jour et pourtant si rayonnante de beauté, dégageait quelque chose d'égoïste.

La jeune fille avait mis fin à cet affront d'un coup de bâton. Mais, ensuite, la fleur innocente gisant sur le sol lui avait fait de la peine et Enolynn avait immédiatement regretté son geste. Pour fuir son crime, la petite azme avait alors repris sa marche de plus belle et chassé la fleur de son esprit… jusqu'à présent ! Ce souvenir lui arracha quelques nouvelles larmes.

Epuisée, elle enfouit la tête dans ses genoux et tressauta un moment sous les sanglots. Puis sa chevelure blonde ne bougea plus, Enolynn avait succombé à son irrépressible envie de dormir.

**

Sa nuque la faisait souffrir, au point de la réveiller. Enolynn redressa la tête, entre-ouvrit ses yeux rougis et ce qu'elle vit lui coupa le souffle. A quelques pas devant elle, une petite créature l'observait.

Il s'agissait d'une jeune femme brune, de très petite taille. L'inconnue s'approcha avec grâce et légèreté en fixant la petite azme dans les yeux. Elle semblait hésitante. Enolynn remarqua que son abondante chevelure bouclée arrivait presque à ses pieds.

- Bonjour petite fille, lui dit la créature d'une voix mélodieuse, peux-tu venir avec moi ? J'ai besoin d'aide !

- Bon… Bonjour, répondit Enolynn, qui êtes-vous ?

L'inconnue se rapprocha un peu plus et jeta un rapide coup d'œil à la forêt derrière elle. Elle paraissait inquiète.

- Je suis une sylve, une fée de la forêt, et je m'appelle Glëndell. Peux-tu m'aider ?

Enolynn n'en revint pas, elle se trouvait face à une fée ! Une créature de légendes qu'elle avait souvent imaginée lorsque sa mère lui racontait des histoires pour s'endormir.

Glëndell parut intriguée par la réaction de la fillette et demanda :

- Tu n'as jamais vu de sylve ?

Comme Enolynn secouait la tête, elle continua :

- Tu as déjà entendu parler de nous ?

- J'ai déjà entendu parler de fées… mais seulement dans des légendes ! balbutia Enolynn.

Glëndell fit une moue impatiente :

- Tu vas m'aider, oui ou non ?

- Heu… oui… je vais faire de mon mieux. répondit la jeune fille décontenancée.

- Suis-moi alors ! lui lança la fée, visiblement satisfaite.

La sylve s'éloigna et passa de l'autre côté du rocher. Enolynn resta quelques instant bouche-bée. Elle se leva et contourna la roche à son tour, en se frottant les yeux, et se demandant si elle avait rêvé. Puis elle retrouva la fée qui descendit la moitié de la colline avant de se mettre à genoux devant un terrier.

Celle-ci lui fit signe d'approcher et lui montra le trou.

- Ma sœur Wëndell est entrée ici, il y a déjà un bon moment, et n'en est pas ressortie. Je suis très inquiète… elle est peut-être coincée, tu peux aller voir ?

Enolynn s'agenouilla et regarda dans le terrier. La galerie étroite, surement creusée par un renard, semblait s'enfoncer profondément sous terre. Elle engagea sa tête dans l'entrée.

- Je ne vois rien, dit-elle, tu es sûre qu'elle est là-dedans ?

- Je l'ai vu entrer, affirma Glëndell, mais malgré mes appels et une longue attente je ne l'ai jamais vue ressortir. Elle est peut-être en danger !

La sylve jeta à Enolynn un regard implorant.

La petite azme essaya de percer l'obscurité mais les ténèbres étaient bien trop denses. Comme en réponse à ses pensées, la fée lui tendit quelque chose.

- Ce sont des pétales de Lunille, une fleur rare qui émet de la lumière la nuit. Il te suffira d'écraser un pétale dans tes mains pour t'éclairer. J'étais partie en chercher lorsque je t'ai trouvée.

Enolynn prit les pétales bleus que lui tendait la fée et les contempla avec curiosité. Ils émettaient effectivement une faible lueur bleutée. Elle en garda un et rangea soigneusement les autres dans une poche de sa robe.

- Bon et bien… j'y vais ! dit-elle en s'enfonçant dans le terrier en rampant. Tu viens avec moi ?

- Je te suis, répondit la sylve en s'approchant. Fais attention !

C'est ainsi qu'Enolynn s'engagea sous la colline. Elle rampa, tant bien que mal, dans l'étroit tunnel de terre. Les parois friables sentaient la moisissure. La jeune fille repoussait toute sorte de racines qui pendaient du plafond et tentait de percer l'obscurité grâce à la lueur bleutée de la paume de sa main. Elle venait d'y écraser le pétale de Lunille.

- Je ne vois personne, Glëndell tu es sûre que…

Le sol se déroba, Enolynn bascula dans le vide et fut engloutie par les ténèbres.

***

A l'entrée du terrier, la petite fée observa la scène avec un large sourire. Elle fut rejointe par une autre sylve aux cheveux roux.

La seconde fée, qui lui ressemblait beaucoup, s'adressa à elle :

- Tu es certaine que nous avons bien fait ?

- Bien sûr Wëndell ! répondit la sylve. Elle va ressortir de là toute salie et ça lui donnera une bonne leçon.

- Tout de même, renchérit sa sœur indécise, tout ça pour une fleur…

- Tout ça pour Ma fleur ! répondit sèchement Glëndell. J'ai veillé sur cette Lunille pendant toute une saison… tu sais à quel point elles sont fragiles ! Et cette petite idiote l'a massacrée sans raison… Je lui expliquerai quand elle resortira.

Mais les deux fées risquaient d'attendre bien longtemps le retour d'Enolynn.

La jeune fille reprit connaissance, se redressa et toussa. Elle avait atterri sur le dos et était couverte de terre.

Encore toute tremblante de sa chute, Enolynn dégagea son visage du mieux qu'elle le put. La petite azme reprit ses esprits quelques instants puis regarda autour d'elle… ou du moins essaya.

Elle ne distinguait rien dans cette obscurité totale ! Le pétale de Lunille lui revint en mémoire et elle tendit sa main devant elle. Il avait disparu pendant sa chute mais une très faible lueur bleutée persistait sur sa paume. Pas de quoi en savoir plus sur l'endroit où elle se trouvait, mais suffisamment pour une inspection des dégâts. Rien ne semblait cassé, mais elle découvrit de belles écorchures sur ses genoux et ses coudes et constata que ses vêtements étaient dans un triste état.

Elle tâta autour d'elle mais n'identifia qu'un sol humide et froid, des mottes de terre et quelques racines, probablement entraînées dans sa chute. Un peu désorientée, elle essaya de se relever en tendant un bras au-dessus de sa tête pour ne pas se cogner. Ses membres endoloris la firent grincer des dents en se dépliant.

Debout, Enolynn tendit les mains dans toutes les directions mais ne rencontra aucun obstacle. L'endroit devait être assez grand… Elle appela Glëndell, d'abord doucement, craignant de rompre le silence qui régnait, puis plus vivement… mais ne reçut aucune réponse.

Un vertige la gagna et la petite azme cessa de crier. L'endroit étouffait sa voix et ne produisait pas d'écho. L'atmosphère humide et chargée d'une forte odeur de moisissure l'incommodait. Aucun courant d'air ne parcourait les lieux. Tout l'oppressait !

Avant de s'aventurer où que ce soit, Enolynn entreprit de s'épousseter. Elle secoua ses vêtements et ses cheveux. Se rappelant les autres pétales de Lunille, la jeune fille fouilla sa poche et en compta sept. Une hésitation retint la petite azme quelques instants car elle ne savait pas combien de temps un pétale pouvait produire de la lumière… mais avait-elle vraiment le choix ?

Elle en retira finalement un de sa poche et l'écrasa entre ses mains. Une lumière bleue envahit la pièce. Malgré la beauté du phénomène, Enolynn étouffa de justesse un cri d'effroi. Elle se trouvait au centre d'une pièce circulaire dont les murs étaient creusés de caveaux remplis d'ossements.

La fillette se raidit, parcourue par un frisson glacé. Mais où se trouvait-elle ? Elle jeta un coup d'œil au plafond, finalement assez haut, et inspecta le trou responsable de sa chute. Il se trouvait pratiquement au centre de la pièce et partait verticalement dans l'obscurité. L'escalade des caveaux lui semblait périlleuse et ne la rapprocherait sans doute pas assez de l'orifice pour tenter de remonter. Elle devait trouver une autre issue !

*

La petite azme se dirigea vers le seul passage permettant de quitter cette salle, à sa gauche. Sortie de l'ossuaire, elle se trouva dans un tunnel étroit et fut même contrainte de baisser la tête pour ne pas se cogner.

Elle déboucha ensuite dans une pièce plus vaste et put se redresser complètement. Les murs étaient percés de nombreuses ouvertures, identiques à celle qu'elle venait d'emprunter. Elle s'enfonça dans la galerie la plus proche et déboucha dans une pièce circulaire semblable à la première, remplie d'ossements. A peine revenue sur ses pas, l'intensité de la lumière baissa et il ne subsista bientôt qu'un faible halo bleu.

- Les pétales de Lunille sont plutôt efficaces mais ne durent pas très longtemps ! soupira-t-elle.

Enolynn réfléchit : elle ne disposait plus que de six pétales et ne devait pas les gaspiller. Sans connaitre la taille du souterrain, elle n'avait aucune idée du temps qu'elle allait passer sous terre… Elle décida de ne pas aller explorer les autres ouvertures, qui menaient probablement aussi à des ossuaires, mais se dirigea vers une ouverture plus large, renforcée par un étai en pierre.

La pièce suivante semblait plus vaste encore. Enolynn prit un nouveau pétale dans sa poche, l'écrasa et passa le seuil, les mains tendues. Elle recula immédiatement et se plaqua contre la paroi avant d'enfouir ses mains dans ses poches pour atténuer la lumière. Le halo bleuté de la Lunille lui avait dévoilé une partie d'une immense pièce emplie de colonnes… et elle avait aperçu quelque chose bouger !

La jeune fille essaya de calmer sa respiration. Son cœur battait si fort qu'elle l'imagina résonner dans tout le souterrain. Elle attendit ainsi, immobile, un moment qui lui sembla interminable.

Qu'avait-elle vue ? Quelqu'un qui se cachait ? L'ombre d'une colonne se déplaçant avec la lumière ?

Elle tendit l'oreille mais rien ne vint troubler le silence des lieux. Légèrement apaisée, Enolynn s'approcha discrètement du seuil et osa jeter un regard circulaire. La petite azme avait sorti sa main droite de sa poche et la gardait fermée, ne laissant ainsi filtrer que peu de lumière entre ses doigts. Elle attendit encore un peu mais rien ne se produisit.

La sortie se trouvait forcément de ce côté, aussi Enolynn prit son courage à deux mains et franchit le seuil une seconde fois. Elle entreprit de longer le mur de droite, pour explorer les lieux, tout en étant capable de revenir rapidement sur ses pas. Cette nouvelle pièce l'impressionnait. Le plafond était si haut… et toutes ces colonnes en pierres taillées qui le reliaient au sol, une merveille !

Les murs de pierres, lisses, donnaient à l'ensemble un sentiment de grandeur et de précision, bien éloigné de l'aspect négligé de la première partie du souterrain. Chacun de ses pas résonnait dans cette immensité et, à la fois anxieuse et admirative, Enolynn poursuivit son exploration. La jeune fille se posait de nombreuses questions : Qui avait construit tout ceci ? L'endroit semblait ancien mais quand précisément avait-il été bâti ? Et surtout pourquoi ? Qui étaient tous ces gens dont les ossements remplissaient autant de caveaux ?

Soudain plongée dans l'obscurité, Enolynn fouilla sa poche pour saisir un quatrième pétale. Elle se sentit si vulnérable, seule au milieu de ce néant, qu'elle se rappela vite la gravité de sa situation : elle devait rapidement sortir d'ici !

Parvenue à un angle de la pièce, l'exploratrice continua de longer le second mur et parvint, au bout d'un long moment, à ce qui devait être l'entrée du souterrain. Deux imposants blocs de pierres en soutenaient un troisième, horizontal, formant une porte colossale…. et malheureusement infranchissable ! Intentionnellement ou non, de nombreux gravats, probablement issus d'un effondrement, condamnaient la porte. Enolynn contempla tristement l'éboulement. Une terrible question la hantait :

Existait-il réellement une sortie ?

La jeune fille prit une grande inspiration et chassa le sentiment de désespoir qui annihilait ses pensées. Elle ne devait pas baisser les bras ! Si son père l'aurait certainement retrouvée dans la forêt, il ne le pourrait plus dans ce souterrain inconnu. Elle devait donc se débrouiller seule ! C'est avec une nouvelle énergie qu'elle dépassa la porte et entreprit de continuer sa progression le long du mur.

Mais Enolynn s'arrêta net dans son élan. Une voix grave et menaçante venait de rompre le silence… et s'adressa à elle :

- Qui vient profaner ce lieu sacré ?

 La Lunille s'éteignit.

**

La jeune fille, tétanisée, se retrouva de nouveau dans le silence et l'obscurité. Elle se retourna lentement puis fouilla les ténèbres en tendant sa main qui émettait encore une faible lueur. Personne…

- Qui… qui est-là ? demanda-t-elle intimidée.

Elle n'eut aucune réponse. Puis un bruit sur sa gauche fit sursauter Enolynn. Elle pointa sa main tremblante dans cette direction et chercha fébrilement un nouveau pétale dans sa poche.

- Qui es-tu ? rugit la voix, nettement plus proche.

Enolynn eut l'impression que les ténèbres elles-mêmes l'interrogeaient et fut prise de panique. Elle s'élança entre les colonnes, aussi vite qu'elle le put, en écrasant le pétale. Un horrible ricanement retentit dans la grande salle.

La jeune fille se faufilait entre les obstacles et, malgré la lueur, manqua de peu de se cogner violemment. Elle aperçut dans sa course l'entrée qui l'avait menée à la grande salle. Elle en franchit le seuil d'un bond, s'engouffra dans la petite ouverture puis remonta le tunnel et atterrit dans l'ossuaire par lequel elle était arrivée. Elle regarda le trou au plafond avec désespoir.

En entendant un « Où es-tu ? » lointain. Enolynn ne réfléchit plus et commença à escalader une paroi en s'aidant des caveaux. Arrivée tout en haut de l'ossuaire, elle jeta toute son attention vers le trou… Impossible de le rejoindre !

Elle tendit les bras, essaya de prendre appui, chercha des aspérités sur le plafond… en vain ! Rien ne lui permettait de s'échapper.

Dans une dernière bouffée d'espoir, la jeune fille avait espéré l'impossible. Des larmes coulèrent sur ses joues et Enolynn se jeta finalement dans le caveau le plus proche. Elle surmonta son horreur en se faufilant parmi les ossements qui glissaient et craquaient. Parvenue au fond du caveau, elle s'allongea et serra ses mains sur sa bouche pour étouffer ses sanglots.

Elle écouta attentivement, sans bouger. Un bruit de pas se fit entendre, tout proche... Le cœur d'Enolynn battit à tout rompre, la créature l'avait suivie ! La jeune fille perçut une respiration puis la voix se fit entendre, mais beaucoup moins grave et moins puissante :

- Je sais que tu es ici ! Montre-toi s'il te plaît, ne m'oblige pas à fouiller toute la pièce !

La voix sembla moins menaçante à Enolynn et, puisque la créature était parvenue à se faufiler dans l'étroit tunnel, elle ne devait pas être si monstrueuse que ça.

La fillette attendit un peu, hésitante, puis s'avoua qu'elle n'avait aucune envie de rester dans ce caveau plus longtemps. Elle décida de se montrer et se rapprocha du bord.

- Te voilà ! fit la voix presque nasillarde. Descends vite ! Ne me fais pas perdre mon temps…

- Pas avant de vous avoir vu, répondit la fillette en scrutant la pénombre.

- Je suis juste là, devant toi, je ne peux pas faire plus... répondit la voix. Allez descends !

- Attendez, je vais vous envoyer quelque chose… reprit Enolynn en fouillant sa poche.

Elle lança un pétale dans la direction approximative de la voix.

- Qu'est-ce que c'est ? se méfia la voix.

- C'est un pétale de Lunille que m'a donné une sylve, expliqua la jeune fille. Ecrasez-le entre vos mains et ça fera de la lumière, comme ça je pourrai vous voir !

- Si ça peut te faire descendre… reprit la voix en soupirant… un truc de sylve, pfff ! ajouta-t-elle avec dédain.

Enolynn entendit un frottement et la lumière emplit la pièce. Elle distingua une petite créature qui détournait les yeux de la lumière en râlant :

- Voila… tu me vois maintenant ? Descends vite et débarrasse-moi de ça. Ça me fait mal aux yeux !

Rassurée par cet échange et par la taille de la créature, Enolynn entama la descente du caveau. Elle se retrouva sur le sol quelques instants après, face à face avec l'inconnu. Un peu plus grand que la sylve, le petit bonhomme qu'elle découvrait affichait des traits grossiers, des oreilles pointues et un nez disproportionné. Des cheveux hirsutes, dépassant d'un bonnet miteux, venaient compléter l'aspect plutôt « sale » du personnage. Sa bouche dessinait un rictus qui donnait au visage une constante grimace boudeuse.

Le créature tenait le pétale à bout de bras et le tendit avec insistance à la jeune fille. Enolynn récupéra ce qui restait du pétale dans les mains rugueuses et sentit avec étonnement des griffes.

- Vous...Vous êtes un lutin ? demanda-t-elle, en reculant un peu.

- Je suis un korrigan ! répondit sèchement le petit bonhomme. Et toi, qui es-tu petite fille ? Que fais-tu ici … Mais… ça ne veut plus partir !

Le korrigan frotta ses mains vigoureusement, sans succès, puis s'essuya sur son pantalon et constata avec stupeur que celui-ci était devenu lumineux à son tour. Il afficha une mine tellement horrifiée, en frottant ses mains de plus belle, qu'Enolynn rit discrètement.

- Ça va partir tout seul dans un petit moment, assura-t-elle.

Le korrigan prit un air méfiant et finit par enfouir ses mains dans les poches trouées de son pantalon.

- Alors ! Que fais-tu ici ? demanda-t-il d'un ton inquisiteur.

- Je m'appelle Enolynn, j'étais dans la forêt et une sylve m'a demandé de l'aider à retrouver sa sœur dans un terrier. Je suis entrée dans le terrier, il y a eu un effondrement et je suis tombée ici.

Pour illustrer ses derniers mots, elle montra le trou avec son doigt. Le korrigan fit une grimace dégoutée en découvrant l'état du plafond.

- Il ne faut jamais écouter les sylves, dit-il le nez en l'air en inspectant le trou, les fées des forêts sont plutôt… facétieuses ! J'ai déjà eu affaire à elles.

Le korrigan haussa les épaules et invita la jeune fille à le suivre d'un geste las.

- Mais l'autre sylve est peut-être encore coincée ? Il faudrait l'aider ! Lança Enolynn en montrant de nouveau le trou au plafond.

Le korrigan soupira une fois de plus en ajouta :

- Je connais le terrier par lequel tu es arrivée, il n'est pas très profond et si une sylve y était vraiment entrée, ce qui m'étonnerait, elle n'aurait eu aucun mal à ressortir. Celle qui t'a demandé de l'aide t'a dit pourquoi elle avait besoin de toi ? Les sylves sont plus petites !

Enolynn médita ces paroles et ne répondit pas. Elle n'avait pas pensé à ça.

- A mon avis elle a voulu te jouer un sale tour, reprit le korrigan, mais elle ne s'attendait sûrement pas à ce que tu tombes ici… Les sylves ne connaissent pas cet endroit, conclut-il avec un sourire fier. Suis-moi, je vais te faire sortir !

Enolynn emboita le pas au korrigan, tiraillée entre appréhension et curiosité… Elle sourit en apercevant l'arrière lumineux du pantalon de son compagnon.

Ils franchirent de nouveau le petit tunnel, traversèrent la pièce secondaire puis rejoignirent la grande salle des colonnes. Le korrigan lui apprit qu'il s'appelait Ozeg et qu'il était le gardien des lieux. Il ajouta que son rôle consistait à faire fuir les indésirables… par tous les moyens !

Enolynn fronça les sourcils en pensant à la frayeur qu'elle avait eue et ne manqua pas de lui reprocher. Ozeg s'excusa d'un petit rire :

- Je faisais mon travail ! En général j'effraye les gens, ils se font mal tout seul ou tombent bêtement dans les pièges. Je pensais qu'il s'agissait encore des fanatiques qui viennent régulièrement ces temps-ci. C'est quand tu es partie en courant que je me suis aperçu de mon erreur. J'ai rarement de visiteurs égarés.

- Il y a donc quelque chose à garder ? interrogea la fillette.

- Oui, une chose très précieuse, beaucoup de gens la convoitent... Mais tu ne trouveras ni or ni argent ici !

Enolynn fut intriguée :

- De quoi s'agit-il ?

- Je peux seulement te dire que c'est une pierre, répondit Ozeg, mais je n'ai pas le droit de t'en dire plus. Mon rôle consiste justement à protéger cette pierre. J'ai gardé d'autres lieux mais j'aime bien celui-ci. Il est assez grand pour installer des pièges et j'ai parfois de la visite.

- Des gens viennent ici ? Pour la pierre ? s'étonna Enolynn.

- Le plus souvent ce sont des rongeurs ou des animaux souterrains qui abîment le tertre. Je les chasse ou je les piège. Tiens par exemple : c'est un renard qui a creusé le terrier par lequel tu es arrivée. Il n'arrêtait pas d'aller plus profondément et ça allait finir par fragiliser le tertre. J'ai dû le faire partir ! ajouta-t-il avec un sourire carnassier. Mais il y a aussi des pilleurs de tombes, des religieux et d'autres personnes louches qui viennent faire des recherches. Je m'occupe de... les faire partir, quand je peux !

Enolynn réfléchit aux solutions alternatives à « faire partir les gens » et le korrigan ricana méchamment.

La lumière de Lunille s'estompa. Enolynn s'arrêta. Ozeg soupira en la voyant tendre ses bras devant elle.

- Attends moi là ! souffla-t-il en s'éloignant dans la pénombre.

 Il revint peu de temps après avec deux objets et en glissa un dans les mains de la jeune fille.

- Mes derniers visiteurs ont perdu ça pendant leur fuite, expliqua-t-il. C'est une torche.

- Merci mais… je n'ai rien pour l'allumer.

Il fouilla alors son pantalon en grognant et sortit deux silex.

- Je croyais que tu n'avais pas besoin de feu pour y voir ? remarqua Enolynn.

- Peut-être mais j'aime bien manger chaud ! ricana-t-il. Ces silex proviennent de l'ancien endroit que je gardais. Ce sont les meilleurs de tout le pays, tu peux me croire.

Il frappa les pierres et des étincelles enflammèrent rapidement le goudron recouvrant l'extrémité de la torche. Cette nouvelle clarté fit froncer les yeux d'Ozeg qui s'éloigna en ronchonnant et en trainant un objet encombrant. Le regard interrogateur de la jeune fille l'obligea à le lui montrer. Il tenait un grand cor métallique, rayé et tordu.

- Comment croyais-tu que je faisais ma grosse voix ? demanda-t-il avec un sourire.

Puis ils reprirent leur marche dans la grande salle, Enolynn suivant le korrigan en brandissant son flambeau. Celui-ci reprit la conversation :

- Nous sommes dans un tertre lui apprit-il. Ce que tout le monde prend pour une colline est en fait une ancienne tombe, construite au Premier Age. A cette époque, les gens respectaient la nature et intégraient leurs monuments dans l'environnement. Ce tertre a été si bien intégré dans la forêt qu'il a été oublié. Je ne sais même pas pour qui il a été construit à l'origine.

Ils rencontrèrent une nouvelle porte et l'empruntèrent, une fois qu'Ozeg eut dissimulé son cor dans une aspérité.

- Voici le lieu où se trouve la pierre ! annonça-t-il solennellement. La salle de toutes les convoitises…

Enolynn fut très étonnée : la salle, moins grande que celle des colonnes, restait de dimensions tout à fait respectables, et se trouvait envahie par des pierres de toutes tailles et de toutes sortes.

Ozeg s'amusa des grands yeux qu'elle faisait :

- La meilleure façon de dissimuler une pierre en continuant à veiller sur elle, c'est de la cacher parmi les autres ! récita-t-il comme un poème.

Il jeta un regard circulaire à toute la pièce.

- Tu la vois d'ici ? demanda Enolynn intriguée.

- Bien sûr, elle n'a pas bougé depuis le Deuxième Age ! répondit-il d'un air mystérieux.

- Je peux… essayer de la trouver ? fit-elle d'une voix timide.

- Pourquoi veux-tu la trouver ? répondit sèchement le korrigan.

- C'était… juste pour essayer ! se défendit-elle. Je ne veux pas vraiment trouver la pierre. Je ne savais même pas qu'elle existait jusqu'à maintenant !

Le korrigan se calma et lâcha dans une moue supérieure :

- Tu peux toujours essayer !

***

Enolynn s'avança dans la salle avec un étonnement grandissant. Partout où portait son regard, des centaines de pierres, de toutes formes et de toutes natures, attiraient son attention. Elle en eut un vertige et ferma les yeux pour se concentrer.

La jeune fille décida de commencer par une rangée de pierres dressées, légèrement plus hautes qu'elle. Toutes affichaient d'étranges symboles, tantôt sculptés, tantôt peints. Son inspection continua vers différents blocs sombres, plus ou moins cubiques, empilés dans un coin, puis des plaques d'ardoise ornées d'une écriture blanche inconnue… puis des scories déchiquetées posées à même le sol…

En progressant dans cette salle extraordinaire, Enolynn découvrit une petite rivière qui traversait la pièce de part en part. Elle emprunta un des trois ponts permettant de la franchir et aperçut, en traversant, de nombreux galets disposés au fond de l'eau.

- Il doit y en avoir des centaines… peut-être des milliers ! dit-elle d'un air admiratif.

Sur l'autre rive se dressait une sorte d'autel, au milieu d'un cercle de petites colonnes. Chacune d'entre-elles présentait des cristaux, rivalisant de couleur et d'originalité. Enolynn fut captivée par l'éclat que certains d'entre eux renvoyaient à la lumière de sa torche. Elle enjamba quelques roches qui dépassaient du sol et s'approcha d'une paroi creusée de nombreuses niches. Dans chaque niche reposait une gemme merveilleuse et certaines émettaient même un peu de lumière. Quel spectacle fascinant ! Enolynn embrassa la pièce d'un regard nouveau : sans aucune indication sur la taille, la forme ou la nature de la pierre, il était véritablement impossible de la trouver.

- Elle pourrait même faire partie des parois, de l'autel… ou des dalles du sol ! chuchota-t-elle.

Elle retourna près du korrigan qui l'attendait près de l'entrée et ne manqua pas de remarquer son air satisfait lorsqu'elle haussa les épaules en signe de défaite.

- C'est impossible sans avoir plus d'informations ! avoua-t-elle au gardien.

Celui-ci sourit :

- C'est le principe ! Le tertre est vaste et si, par malchance, j'étais… capturé, il faudrait bien donner du fil à retordre aux voleurs. La seule indication, à ma connaissance, figure dans un vieux livre et évoque « une pierre dont l'apparence dissimule le pouvoir ». Ce qui reste plutôt vague, se réjouit-il.

- Quel est le pouvoir de cette pierre ? interrogea la jeune fille.

- Hum, il est temps de quitter cet endroit ! répondit Ozeg, embarrassé, en ressortant de la pièce.

Enolynn accéléra pour le rejoindre.

- Tu ne peux pas m'en dire plus sur ce qu'elle fait ? Pourquoi des gens la cherchent ?

Le korrigan marchait d'un pas décidé.

- Crois-moi, moins tu en sauras, mieux ce sera pour tout le monde ! Je vais te montrer un moyen de quitter cet endroit. Il existe bien un passage par la rivière, mais il est dangereux et l'eau est vraiment froide en cette saison. Je n'ai pas encore eu le temps de reboucher la dernière galerie creusée par les fanatiques. Tu vas pouvoir l'emprunter dans l'autre sens.

- Qui sont ces fanatiques ? interrogea la petite azme.

- Je ne sais pas vraiment, répondit Ozeg. Je les appelle comme ça parce qu'ils sont déterminés et risquent leur vie sans aucune hésitation. Ces gens ne portent aucun signe de divinité, ne font jamais de prière comme les religieux… Ils viennent ici, tentent de pratiquer de vieux rituels pour repérer la pierre. Ils portent tous des masques blancs, inexpressifs, et des robes noires. Je ne parviens pas à les distinguer entre eux. Ils viennent dans cette pièce, se concentrent, parfois assez pour faire… toutes sortes de choses. Je ne leur laisse pas vraiment de répit ! conclut-il avec un sourire carnassier.

- Quelles choses font-ils ? questionna immédiatement Enolynn de plus en plus intriguée.

- Et bien, la plupart du temps ils font… Stop !

Le korrigan fit signe à Enolynn de se taire et de rester là, puis il s'éloigna silencieusement, l'air inquiet. La fillette resta debout, en serrant sa torche des deux mains sans oser bouger. Ils se trouvaient proche d'une paroi de la grande salle des colonnes. Malgré l'obscurité, Enolynn pouvait distinguer une zone plus sombre, certainement la galerie. Sans nouvelles indications du korrigan, elle patienta.

Il lui sembla distinguer du mouvement dans cette direction, mais elle ne pouvait pas en être certaine avec la flamme dansante de sa torche.

Soudain Ozeg surgit et lança quelque chose dans la galerie. Enolynn perçut distinctement des cris et des quintes de toux.

Quelqu'un d'autre venait de pénétrer dans le tertre !

Enolynn, pétrifiée, observa la scène sans pouvoir esquisser le moindre geste. Ozeg courrait vers elle en faisant de grands gestes mais la jeune fille ne réagit pas. Lorsque le korrigan passa à côté d'elle, il l'attrapa par le bras pour l'entrainer.

- Ce sont eux ! Les fanatiques ! J'ai reconnu leurs masques ! lança-t-il essoufflé. Cette fois ils sont venus nombreux. Dépêche-toi d'éteindre cette maudite torche !

Enolynn grimaça, le korrigan la tenait fermement et ses griffes lui faisaient mal. Elle essaya d'éteindre sa torche dans sa course en la trainant sur le sol mais sans y parvenir. Ozeg stoppa brusquement devant la salle des pierres. Il poussa la jeune fille à l'intérieur et chuchota :

- Va vite te cacher ! Ne sors sous aucun prétexte et attends que je vienne te chercher ! Je leur ai lancé toute ma bourse de spores de champignons, ça va les dérouter un moment mais ils vont venir !

Il lui arracha la torche des mains et la planta dans une motte de terre pour étouffer la flamme. Il dénicha ensuite son cor et disparut dans la pénombre, visiblement stressé.

Enolynn se retrouva seule dans l'obscurité. Elle fit timidement quelques pas en longeant le mur et en tendant l'oreille, mais ne décela aucun son. Son pied butta soudain sur quelque chose de dur et la douleur manqua de lui arracher un cri.

La petite azme décida d'utiliser un pétale de Lunille et fouilla fébrilement dans sa poche. Elle l'écrasa et la lumière bleue éclaira la salle.

- Se cacher ? chuchota-t-elle. Mais où ?

La fillette se dirigea vers les pierres dressées et se glissa derrière avant de les estimer trop proches de l'entrée. Il suffirait à l'un des fanatiques de faire quelques pas dans la salle pour la repérer… Elle balaya la salle et porta son choix sur l'autel, plus distant. En avançant avec précaution entre les pierres et les amoncellements, Enolynn arriva près de la rivière dans le plus grand silence.

Elle s'engagea sur le pont le plus proche mais s'arrêta net. Un bruit venait d'attirer son attention ! Elle se baissa et jeta un coup d'œil en arrière. Une torche venait d'apparaitre derrière le seuil de la pièce. Enolynn plaqua ses mains sur le sol pour atténuer la lumière de Lunille.

Une silhouette se dessina à la lueur de la flamme. Enolynn rampa derrière un rocher et observa l'individu depuis sa cachette. La torche dévoila un visage très pale, inexpressif et le souvenir des masques, évoqués par le korrigan, lui revint immédiatement.

Le fanatique avança dans la salle et leva sa torche pour l'inspecter. Enolynn se fit la plus petite possible. Sa cachette était très précaire. Quelques pas de plus et l'individu ne manquerait pas de la trouver. Mais celui-ci abaissa sa torche, se retourna et lança un « ici » retentissant.

Enolynn profita de l'occasion. L'autel était encore trop éloigné mais elle eut une autre idée. Elle rampa jusqu'au bord de la rivière, plongea une main dans l'eau et frissonna… elle était glacée !

Sa respiration s'arrêta lorsqu'elle se laissa glisser dans la rivière. La morsure du froid fut si terrible qu'elle regretta amèrement cette idée !

*

Lorsqu'elle toucha le fond, l'eau lui arrivait jusque sous les épaules. Le lit de la rivière, couvert d'un amoncellement de galets plutôt instables, ne facilitait pas sa progression. Elle avança donc en trébuchant, les bras hors de l'eau pour s'appuyer sur la paroi rocheuse.

Enolynn eut la confirmation de la présence de nouveaux intrus par le bruit et la lumière qui emplirent la pièce. Elle traversa rapidement la courte distance qui la séparait du pont et se cacha dessous.

La moindre profondeur et les rives plus évasées à cet endroit permirent à Enolynn de s'asseoir. Ainsi adossée à la paroi, avec de l'eau jusqu'à la taille, elle pouvait se soustraire aux regards pour quelque temps.

La petite azme replia ses genoux contre sa poitrine et les serra avec ses bras pour se réchauffer un peu. Son passage dans l'eau avait fait disparaitre la lumière de sa main et elle patientait, tremblante, dans l'obscurité glacée.

Une première silhouette fit son apparition, rapidement escortée par une douzaine d'acolytes. Tous vêtus de la même et ample robe noire, les fanatiques portaient des masques blancs inexpressifs qui empêchaient toute distinction d'un quelconque détail des traits de leurs visages. Le mystérieux cortège investit la salle des pierres en faisant danser les flammes d'une dizaine de torches sur les parois.

Enolynn venait de remarquer avec stupeur les remous laissés par son passage dans l'eau. Les ondes risquaient de trahir sa présence ! Elle pria pour que personne ne les remarque.

Quelques individus inspectèrent rapidement les lieux puis rejoignirent les autres en hochant la tête. Sans se concerter, les silhouettes sombres se dirigèrent alors vers l'autel. Enolynn enfouit sa tête dans ses genoux et étouffa un sanglot de peur lorsque les pas résonnèrent sur le pont, au-dessus d'elle. Personne ne sembla remarquer les légères ondulations à la surface de la rivière.

Le cortège se sépara et les silhouettes sombres s'éparpillèrent autour de l'autel. Celui qui semblait diriger les opérations portait une dague à la ceinture et s'adressa à l'assemblée.

Enolynn ne percevait que des bribes de ses paroles mais il était question d'un pouvoir ancien. La pierre empêchait, a priori, l'usage de ce pouvoir à la surface, mais pas en ce lieu souterrain. Il fallait, malgré tout, ne pas se trouver trop proche de la pierre et c'était grâce à cela que les fanatiques tentaient de la localiser.

Le chef invita ses acolytes à se répartir dans la salle pour commencer leurs recherches et ces derniers s'exécutèrent. L'inconnu à la dague rassembla un petit groupe d'adeptes autour de lui et se lança dans des explications plus approfondies. Il s'agissait certainement de novices.

Enolynn, qui avait discrètement observé la scène, se retira dans l'obscurité au milieu du pont pour ne pas être repérée. Elle espionna, sur la surface de l'eau, les silhouettes fantomatiques et les vit se disperser dans la salle.

La fillette se sentait autant terrifiée que fascinée par ce qu'elle venait d'entendre. Ce mystérieux pouvoir attisait sa curiosité ! Elle sursauta lorsqu'elle entendit la voix grave du chef, beaucoup plus proche.

Celui-ci avait déplacé son petit groupe près de la rivière, à quelques pas seulement du pont, ce qui permettait à Enolynn d'entendre distinctement ses explications :

- Le pouvoir n'est pas unique, sa nature, comme sa puissance dépend des personnes ! déclara le chef sur un ton professoral. C'est une sorte d'aptitude mentale propre à chacun. Tous les hommes ne possèdent pas les facultés nécessaires à l'usage du pouvoir et la plupart des gens qui en sont capables ignorent son existence. Ces aptitudes sont naturelles et ne peuvent pas être acquises...

Au grand silence qui suivit cette tirade, Enolynn devina les yeux écarquillés des novices. D'ailleurs, le chef lui donna raison en reprenant d'une voix lasse :

- On est élu dès la naissance, ou on ne n'est pas ! L'usage de ce pouvoir était répandu pendant le Deuxième Age mais les dirigeants de l'époque avaient choisi de l'empêcher. Ils jugeaient les hommes incapables de maitriser sa puissance et soupçonnaient certains de vouloir l'employer à de mauvaises fins. Il fut ensuite déclaré publiquement « injuste » que certains puissent utiliser ce pouvoir alors que d'autres n'en avaient pas la possibilité !

Le chef eut un reniflement de mépris à la suite de ces quelques mots puis poursuivit :

- Tout ceci au nom de l'Equilibre… une antique utopie ! Des pierres gravées de runes puissantes, dont certaines rumeurs évoquent une origine divine, furent dispersées aux frontières de tous les pays du monde connu. Pendant plusieurs centaines d'années, le pouvoir fut bloqué et son usage peu à peu oublié des hommes.

Le chef redressa les épaules et reprit d'une voix plus solennelle :

- Notre ordre a été fondé à la fin du Deuxième Age, pour que l'usage du pouvoir ne soit pas totalement oublié ! Un jour, le pouvoir sera rétabli et les initiés pourront alors l'utiliser et en tirer un avantage considérable. Afin de rétablir ce pouvoir, nous devons trouver et détruire les Pierres de Runes ! Nous devons rompre cette barrière injuste qui rabaisse les mages au même niveau que les hommes ! Une vanité, selon moi, dictée par la jalousie ! Pourquoi museler les loups les plus vigoureux ? Pourquoi enchaîner les étalons les plus rapides ? De quel droit nous prive-t-on de nos facultés de naissance ? Cette tyrannie doit cesser ! Rien ne nous arrêtera !

Le chef avait hurlé ces derniers mots que le groupe accompagna d'exclamations et d'approbations plus ou moins violentes…

Enolynn sut à cet instant qu'Ozeg avait raison. Ces gens étaient véritablement des fanatiques !

**

- Nos archives affirment qu'une des pierres se trouve quelque part dans ce tertre et nos précédentes recherches nous permettent de la situer précisément dans cette pièce ! ajouta le chef. Comme vous le savez déjà, l'influence des Pierres de Runes est affaiblie sous la surface, ce qui signifie que nous pouvons nous exercer à l'utilisation de nos pouvoirs.

Un novice demanda avec hésitation comment les adeptes pouvaient être certains d'être des mages ? Comment les distinguer des hommes si le pouvoir était inutilisable ? Le masque inexpressif du chef ne trahit aucune émotion mais sa voix se chargea de fierté :

- Parmi les mages se distinguent certains élus que nous appelons les guides. Le pouvoir des guides est de percevoir l'Aura des individus afin de distinguer les mages des hommes. Je suis votre guide ! Et parmi les hommes, je vous ai trouvé et choisi pour vous initier ! Chacun d'entre vous va apprendre à utiliser son Aura afin de découvrir quel est son pouvoir. Il faut mêler une intense concentration à une extraordinaire volonté pour y parvenir et c'est pour cela que vous avez été formés, pendant tout ce temps !

Le guide invita les novices à observer un mage positionné près des pierres dressées. Ce dernier, apparemment en pleine méditation, n'esquissait aucun mouvement et se tenait debout, les bras croisés et tête inclinée vers le sol.

Aucune torche ne se trouvait près de lui et pourtant, au bout de quelques instants, un halo de lumière jaune orangée l'entoura. La lumière devint progressivement plus intense et Enolynn resta stupéfaite.

Tous les novices étaient fascinés par l'exploit de l'adepte mais furent brusquement tirés de leur contemplation. Une étrange voix venait d'envahir la salle. Proche du sifflement d'un immense serpent, la voix articula quelques mots :

- Fuyez ce lieu… partez….

Le mage fut tiré de sa méditation et le halo de lumière s'estompa aussitôt.

Enolynn, persuadée qu'il s'agissait d'un subterfuge d'Ozeg, ne put s'empêcher de frissonner. La voix glissait sur les parois rocheuses et se multipliait par échos. Une véritable cascade de sifflements venait vous submerger de son souffle glacé.

Tous les fanatiques se rassemblèrent d'instinct vers le centre de la salle et scrutèrent les recoins, dos à dos, à la recherche de l'origine de la voix. La salle restait trop haute de plafond pour que les lumières des torches ne parviennent à en chasser l'obscurité. Les flammes vacillantes jouaient avec les reliefs des parois et projetaient des centaines d'ombres animées. Ces jeux de lumières et les sifflements persistants plongeaient la salle dans une ambiance fantomatique et dérangeante. Les plus vaillants des mages ne pouvaient s'empêcher de sursauter et de se retourner précipitamment pendant leurs recherches. Enolynn constata que plus personne ne s'occupait désormais de la pierre.

Le temps sembla figé dans la même terreur que les mages. La voix attaqua par vagues, telle une déferlante cherchant à faire sombrer les intrus dans la peur. Certains montraient des signes de panique, d'autres essayaient en vain de se concentrer et de faire abstraction des sifflements.

Il y eut soudain une exclamation parmi les fanatiques et l'un d'entre eux tendit son bras. Tout le monde porta son regard dans la direction indiquée par le doigt accusateur. Il était difficile de discerner quoi que ce soit à cette hauteur, mais, sur une paroi, une petite silhouette recroquevillée se devinait par intermittence à la lueur des torches et semblait affairée près d'une pierre sombre, une sorte d'instrument dans les mains.

Le korrigan, car il s'agissait bien de lui, sursauta lorsqu'il se rendit compte que tous mages le désignaient. Deux d'entre eux s'approchèrent d'ailleurs de lui, en contrebas et cherchèrent un moyen de grimper. L'un d'eux sortit finalement une petite arbalète de sa robe, visa et tira.

Le carreau manqua de peu la créature et rebondit sur la paroi. Ozeg ne perdit pas un instant, brandit un bâton et le glissa entre les pierres, juste en dessous de lui. Il fit levier de tout son poids et provoqua un éboulement qui manqua de peu d'ensevelir les deux adeptes. Les fracas résonnèrent dans la salle avec un bruit de tonnerre et un nuage de poussière s'éleva dans les airs quelques instants. Lorsqu'il se dispersa, Ozeg avait disparu.

Le guide hurla des ordres et désigna cinq mages qui s'inclinèrent et quittèrent la salle, laissant l'un d'entre eux à la surveillance de la porte. Les quatre autres s'enfoncèrent dans l'obscurité du souterrain après avoir tiré des armes de leurs robes : poignards, petites arbalètes et couteaux de jet.

Le guide s'avança près de l'éboulement et renvoya les autres, d'un geste, à leurs recherches. Il se baissa et ramassa un objet blanc. Il l'approcha de sa torche et le contempla : il s'agissait d'un de leurs masques inexpressifs, brisé en deux, appartenant certainement à l'un des deux rescapés. Il jeta l'objet avec dédain et s'éloigna. Enolynn sentit, à son attitude, qu'au-delà de cet objet, le korrigan avait atteint l'orgueil du fanatique.

Le guide rassembla ses novices et ils retournèrent ensemble près du pont. La voix de l'inconnu ne trahissait aucun sentiment et il reprit son explication, comme si de rien n'était.

Enolynn était complètement gelée. Toujours assise sous le pont, elle ne sentait plus ses jambes qui baignaient dans l'eau de la rivière. Le froid devint insupportable. Elle essaya de se frictionner mais cela lui demandait beaucoup d'efforts. Même respirer commençait à la faire souffrir, chaque bouffée d'air déclenchait des brûlures dans ses poumons. Mais le danger, plus présent que jamais, empêchait tout déplacement.

C'est ainsi qu'elle s'obligea à tendre de nouveau l'oreille pour écouter le discours du guide et échapper un peu à sa terrible condition.

**

Le mage entama une nouvelle explication sur ce qui semblait être l'utilisation du pouvoir.

- La première étape consiste donc à atteindre son Aura. Ce n'est qu'une fois cet état atteint qu'il vous sera possible d'accéder à la seconde étape : utiliser votre volonté pour déclencher votre pouvoir.

En parlant, le guide avait laissé ses bras tomber le long de son corps et avait fermé les yeux. Il tourna la tête vers les différents novices, comme s'il les observait malgré ses yeux clos.

- Toi ! lâcha-t-il finalement en désignant un novice. Viens à côté de moi ! Tu sembles un peu plus apte à atteindre l'Aura que les autres.

Le novice désigné s'avança timidement à côté du guide.

- Commençons ! ordonna le guide. Mets-toi en condition comme tu l'as appris. Assieds-toi, détends-toi, ferme les yeux et n'écoute plus que ma voix.

Le novice s'exécuta et Enolynn fit inconsciemment de même. Elle ferma les yeux et essaya de détendre ses muscles tétanisés.

La voix du guide changea et devint plus pénétrante… impossible de ne pas lui succomber tant elle s'imposait.

Ainsi le guide ordonna de ne plus rien entendre, en dehors de sa propre voix, de ne plus ressentir ni la faim, ni la soif. Sa voix poursuivit, irrésistible, et invoqua la disparition des sensations de froid ou de chaleur…

Le novice, et Enolynn, obtempérèrent… et cela fonctionnait ! La jeune fille, hypnotisée, buvait cette voix intarissable. Elle ne ressentit progressivement plus rien, et s'échapper ainsi la grisait. Elle désira de tout son cœur ne plus avoir faim, ni soif… ne plus avoir froid. La voix suggéra d'abandonner entièrement le corps et de laisser l'esprit s'échapper. Puis la voix donna un dernier ordre : l'oublier, elle-même, ne plus l'entendre !

Enolynn se retrouva dans un vide absolu, blanc immaculé. Elle se sentait bien dans cet état, détachée de toutes ses souffrances physiques. La jeune fille venait inconsciemment d'atteindre son Aura.

Mais son esprit se sentit comme emprisonné par ce vide, incapable de s'orienter ou de décider... Ne pouvant pas raccrocher sa volonté à quoi que ce soit dans ce néant, il se retrouvait impuissant. Enolynn était condamnée à attendre que quelque chose se passe, que quelque chose se matérialise… pour que sa volonté s'y raccroche ! Une terrible appréhension lui souffla que si rien ne se passait, l'esprit de la petite azme resterait prisonnier de cet endroit sans aucun sens…

Mais, petit à petit, une idée se dévoila. Comme une montagne surgissant brusquement de la brume, l'idée se fit plus nette ! Ses contours se dessinèrent et son sens se matérialisa. L'esprit d'Enolynn devait voir !

Voir ! L'esprit d'Enolynn s'engouffra de toutes ses forces dans cette vérité, cette échappatoire. Il devait voir ! L'effort était intense, toute la volonté de la fillette s'accumulait avec cette seule obsession : voir !

Le vide blanc de son Aura se ternit, la lumière s'estompa. L'esprit de la fillette venait de rallier son corps et ce retour fut atroce ! Toutes les souffrances oubliées se réveillèrent violemment. La faim… le froid ! La morsure du froid fut si forte qu'Enolynn étrangla un cri de douleur et en ouvrit les yeux…. et resta sidérée… elle voyait !

Elle pouvait distinguer tout son environnement : le pont, la rivière, ses jambes dans l'eau… Tout lui apparaissait en nuances de gris. Elle agita ses mains devant ses yeux avec stupéfaction : contrairement aux pierres du pont ou aux galets de la rivière, elle voyait ses mains animées d'une sorte de flamme. Dans cette fantastique vision, les reliefs ne se détachaient pas nettement, comme en plein jour, mais semblaient constitués d'une fumée très dense.

Elle pencha la tête et observa les mages. Elle les voyait tous, même les plus éloignés ! Ils apparaissaient flous mais animés par cette même flamme étrange. Voyait-elle… la vie ? Les flammes des torches, elles, lui apparaissaient comme une brume blanche très agitée.

Puis sa vision en nuance de gris commença à s'estomper pour finalement disparaitre ! Enolynn replongea dans les ténèbres et retrouva sa vraie vue. Elle observa les quelques zones éclairées par les torches, désemparée. Cette sorte de vision, capable de pénétrer l'obscurité, la fascinait, malgré cette sensation que la véritable portée de ce phénomène lui échappait.

Elle réalisa soudain le lien avec ce pouvoir que les mages voulaient libérer en détruisant les Pierres de Runes… Elle le possédait aussi ! Elle était l'une des élues du Deuxième Age !

La jeune fille n'eut pas le temps de renouveler son expérience car des exclamations de surprise l'arrachèrent à sa réflexion. Elle se retourna légèrement et chacun de ses mouvements la tortura. Mais elle serra les dents et se risqua hors de la protection du pont. Elle jeta un coup d'œil au groupe de novices entourant le guide. L'un d'eux, assis par terre semblait plongé dans une extrême concentration et autour de lui flottaient quelques pierres… à deux bons pieds du sol !

Enolynn écarquilla les yeux mais non, elle ne rêvait pas : le novice parvenait à faire léviter cinq pierres autour de lui. Les pierres retombèrent rapidement sur le sol et le novice ouvrit les yeux avant d'être félicité dignement par le guide et acclamé par ses camarades. Un cri lointain mit un terme aux réjouissances. Tous écoutèrent, aux aguets. Puis un second cri déchira le silence, probablement poussé par l'un des hommes partis à la recherche du korrigan !

Un nouveau mouvement de panique gagna les rangs des mages mais le guide leva le bras avec autorité pour les rappeler à l'ordre. Il leur ordonna froidement de continuer leurs recherches et abandonna les novices.

Enolynn ne pouvait rester dans sa cachette plus longtemps et le korrigan ne revenait pas… Elle devait tenter quelque chose !

Un grincement emplit soudain le souterrain. Une plainte métallique si déchirante que la jeune fille imagina la manipulation de charnières gigantesques, figées par le temps. Un second grincement, semblable, retentit quelques instants après, beaucoup plus proche. Aussitôt un vent violent s'engouffra dans la salle et éteignit toutes les torches.

Dans cette obscurité totale. La jeune fille trempée grelotta de peur et de froid. Le prodigieux souffle masquait tous les autres sons et Enolynn s'abandonna à quelques plaintes.

Un dernier grincement marqua l'arrêt de ce vent, trahissant certainement la fermeture de cet appel d'air. Un lourd silence régna de nouveau, contrastant avec le précédent tumulte. Des mages jurèrent dans les ténèbres, certains trébuchèrent et Enolynn esquissa un petit sourire crispé : Ozeg se montrait plein de ressources !

*

La jeune fille profita de cette opportunité pour quitter sa cachette. Elle replongea dans l'eau jusqu'aux épaules et suivit la rivière pour rejoindre une paroi. Ses membres la faisaient atrocement souffrir mais elle continua de serrer les dents : elle n'aurait peut-être pas d'autre occasion !

Des murmures de voix l'entouraient, de part et d'autre de la rivière, la contraignant à un minimum de discrétion. Enolynn toucha la paroi et entreprit de se hisser hors de l'eau. Ses mains fatiguées trouvèrent difficilement un appui correct, mais ses doigts gelés finirent par s'accrocher dans une anfractuosité. Enolynn tira de toutes ses forces puis balança une de ses jambes qui réussit à prendre appui sur la rive. Elle était enfin hors de l'eau !

L'atmosphère du souterrain lui parut chaude et réconfortante, mais Enolynn ne s'autorisa pas à en profiter. Maintenant vulnérable, elle s'appuya contre la paroi et tendit l'oreille. Dans cette obscurité elle ne pouvait être vue mais elle ne savait pas non plus où se trouvaient les mages ! Rien n'indiqua la proximité d'un fanatique et la jeune fille entreprit de suivre la paroi jusqu'à la porte.

Son sang se glaça lorsque quelqu'un attrapa sa robe ! Elle bondit et se débattit pour faire lâcher l'assaillant mais se figea en entendant ces mots :

- Arrête, arrête, c'est moi, Glëndell… la sylve !

Enolynn fut soulagée de ne pas être tombée aux mains d'un mage. Mais son soulagement céda aussitôt la place à la colère ! Elle se retrouvait dans cette situation à cause de la sylve !

Comme en réponse à ses pensées, la petite voix de Glëndell lança :

- On s'expliquera plus tard, suis-nous !

La sylve tira la main droite de la petite azme et l'entraina.

- Nous ? pensa Enolynn, avant qu'une seconde créature ne saisisse sa main gauche.

La jeune fille suivit de son mieux ses guides qui filaient dans l'obscurité. Dans la salle, certains mages parvenaient déjà à rallumer leurs torches. Il fallait faire vite !

Enolynn, désorientée, se retrouva bientôt appuyée contre une paroi qu'elle palpa fébrilement. Mais où était la porte ? Etait-elle au moins au bon endroit ?

- Il y a des marches étroites à ta droite, chuchota Glëndell, monte en faisant bien attention !

La jeune fille grogna de contrariété mais chercha les marches à tâtons. Elle les toucha du bout du pied et confirma qu'en effet, elles étaient très étroites ! Elle entama donc l'ascension de cet escalier de fortune, taillé grossièrement dans la roche. Elle se plaqua de son mieux contre la paroi et s'aida de ses mains pour progresser. Les sylves ne rencontraient aucune difficulté de leur côté et la distancèrent dans l'obscurité.

Enolynn risqua un coup d'œil derrière elle. La cohésion revenait parmi les mages. Les torches encore éteintes se rapprochaient de celles déjà rallumées et une certaine clarté commençait à faire reculer les ténèbres. Enolynn allait bientôt être vue si elle ne se dépêchait pas ! Elle reprit donc sa périlleuse ascension de plus belle.

L'escalier lui paraissait sans fin, elle trébucha à deux reprises, manquant de justesse de basculer dans le vide, mais finit par atteindre une petite plateforme. Il s'agissait d'une sorte de tunnel étroit, creusé lui aussi dans l'épaisseur de la paroi. Enolynn et les deux sylves se trouvaient maintenant à l'abri des regards.

L'endroit, bas de plafond, obligea la jeune fille à se déplacer à genoux, ce qui lui arrachait des grimaces de temps en temps. De petites ouvertures donnaient sur la salle. Enolynn s'approcha de l'une d'elles et jeta un coup d'œil. Elle se trouvait en fait derrière les petites niches qui surplombaient l'autel et présentaient les gemmes. Elle devait se contorsionner un peu pour pouvoir observer toute la salle mais le point de vue était exceptionnel : un aménagement très astucieux pour espionner en toute tranquillité.

Glëndell se rapprocha d'elle et chuchota :

- C'est le korrigan qui nous a demandé de t'amener ici. Il nous a indiqué le petit escalier et ce passage secret. Il veut que l'on déclenche un piège ! Il doit y avoir un levier quelque part...

 - Trouvons-le ! acquiesça Enolynn en ravalant toutes les émotions qui menaçaient de la submerger.

Elle serra les dents pour étouffer un sanglot de douleur, et se mit à la recherche du fameux levier.

Très peu de lumière parvenait par les niches jusqu'au tunnel secret, ce qui ne facilitait pas les choses. Les deux sylves inspectaient le sol pendant qu'Enolynn se concentrait sur les parties hautes. Elle découvrit rapidement une sorte de rigole qui traversait le tunnel dans toute sa longueur. Cette gouttière, creusée dans la roche, se trouvait juste au-dessus de la dernière rangée de niches. La fillette y plongea la main et la retira avec dégout car elle était remplie d'un liquide poisseux.

Elle s'essuya sur ses vêtements déjà sales et trempés et décida de suivre la gouttière, soupçonnant un lien avec le piège.

Les sylves rejoignirent la petite azme lorsqu'elle s'exclama :

- Je crois que j'ai trouvé !

Enolynn avait effectivement découvert un manche en métal qui dépassait de la paroi juste sous la rigole et le saisit avant de s'adresser aux sylves, en proie au doute :

- Ozeg vous a-t-il dit ce que le levier allait déclencher ?

Les sylves n'en savaient rien. Leur attention fut attirée par des éclats de voix qui venaient de la salle. Elles retournèrent aux niches et observèrent les mages. Deux des adeptes envoyés à la poursuite d'Ozeg étaient de retour. Ils tenaient fermement une petite créature qui trainait les pieds… ils avaient capturé le korrigan.

Le cœur d'Enolynn battait à tout rompre. Qu'allaient faire les mages avec leur prisonnier ? Le pauvre fut trainé à travers la salle, en proie aux insultes et aux moqueries des mages. Il fut soulevé et assis sur l'autel, sans ménagement. Ozeg se débattait mais ses deux geôliers le maintenaient avec détermination. Le guide s'approcha de la créature et les autres l'encerclèrent.

- Vas-y ! Tire sur le levier ! lança Glëndell.

- On ne sait pas ce qui va se passer ! rétorqua la jeune fille. Ça pourrait le blesser. On va attendre un peu et voir ce qu'ils vont faire…

La sylve acquiesça et retourna à son poste d'observation.

La voix du guide se fit entendre :

- Voici donc celui qui nous empêche de travailler ! Qui es-tu créature ? Que fais-tu ici ?

 - Je suis le gardien ! répondit fièrement le korrigan. C'est vous qui n'avez rien à faire ici !

- Tes maudits pièges m'ont privé de plusieurs de mes hommes. Que protèges-tu si ardemment ?

 Ozeg, malmené, ne pliait pas devant le guide :

- Je suis le gardien et mon rôle est de débarrasser ce lieu des intrus dans votre genre !

Il ponctua sa réponse d'un ricanement sinistre.

- Assez discuté... maintenant dis-moi où est la pierre ? tonna le guide.

- Je ne vois pas de quoi vous voulez parler, rétorqua Ozeg avec un rictus moqueur, ça ne manque pas de pierres par ici… servez-vous !

Le guide attrapa le korrigan et dégaina sa dague d'un geste fluide.

- Où est-elle ? Demanda-t-il furieusement en glissant sa lame sous la gorge du prisonnier.

Celui-ci ricana de nouveau :

- Je ne vous dirai rien, autant en finir tout de suite ! Et bon courage pour trouver ce que vous cherchez !

- Bien ! Conclu le guide d'une voix grave. Sans tes stratagèmes pour nous déconcentrer nous finirons bien par la localiser. Tu as échoué gardien, adieu…

Il fit un signe aux deux mages qui allongèrent le korrigan sur l'autel. Le guide s'approcha et brandit sa dague, à deux mains, au-dessus de lui.

Ozeg pencha la tête en arrière et fixa la niche où Enolynn observait la scène, impuissante. Il ne dit rien mais son regard intense s'adressa à la jeune fille. Elle acquiesça, empoigna le levier et le baissa de toute ses forces.

**

Il y eut une gerbe d'étincelles, Enolynn se jeta en arrière et le liquide de la rigole s'embrasa. Le feu se propagea et entoura toute la salle, provoquant la stupeur des mages. Au même moment une douzaine de volets, dissimulés sous le plafond, basculèrent et libérèrent un flot d'huile qui coula sur les parois. Chacun des écoulements s'embrasait en traversant la rigole et dévalait le long de la roche, jusqu'au sol. La surprise des mages se transforma en horreur lorsque les flaques d'huile enflammée s'étalèrent et envahirent progressivement la salle, de toute part.

Un mage ne fut pas assez rapide pour s'éloigner d'un écoulement qui enflamma sa robe. Il traversa la pièce en hurlant avant de plonger dans la rivière.

Le korrigan profita de la confusion. Il libéra un de ses bras et griffa le visage du mage qui le tenait. Le guide tenta de le poignarder mais émoussa sa lame en frappant l'autel à l'endroit même où Ozeg se tenait un instant plus tôt.

Le gardien traversa rapidement la salle, sautant au-dessus d'un filet d'huile incandescente et rejoignit l'escalier secret. Le guide s'élança après lui mais hésita avant de bondir. Le filet d'huile s'élargissait et devenait infranchissable. Il s'éloigna de l'autel en jurant.

L'huile enflammée recouvrait maintenant toute la zone de l'autel. La plupart des mages s'étaient jetés dans la rivière et contemplaient le désastre, impuissants. Ils se ruèrent sur l'autre rive dès que le fluide incandescent commença à couler dans la rivière et à s'étaler à la surface. Les mages trempés se bousculèrent pour sortir de la pièce mais hurlèrent d'épouvante en se retrouvant dans la grande salle. Un feu liquide coulait le long de chacune des colonnes et commençait à recouvrir le sol. Ils s'élancèrent et disparurent dans la galerie qui les avait vus rentrer.

Le guide courait parmi ses adeptes et n'hésitait pas à pousser ceux qui se trouvaient sur son passage. Les cris s'étouffèrent dans le souterrain et il ne resta que le crépitement des flammes pour combattre le silence.

Enolynn et les sylves retrouvèrent un korrigan en nage, mais hilare.

- Je ne l'avais jamais activé… celui-ci… ricana Ozeg en reprenant difficilement son souffle. C'est une première, jeune fille… ce sera très long à… réarmer mais c'est rudement efficace !

Il se laissa tomber sur le sol et resta quelques instants étendu à respirer bruyamment.

Enolynn retourna observer par une niche, envoutée par la scène qui se déroulait sous ses yeux. Le flot d'huile s'était tari et la salle des pierres était maintenant complètement envahie par une mer de flammes, dansantes et victorieuses, qui projetaient sur les parois un éventail de couleurs rouges orangées. Les pierres dressées semblaient animées par les flammes qui leur léchaient les pieds, l'autel dépassait fièrement du feu comme un navire bravant les flots. La dague du guide gisait encore là où le mage l'avait abandonnée.

- Il va falloir attendre un peu ! annonça le korrigan en s'affalant contre la paroi. Cet endroit est le seul où l'on peut survivre aux flammes. Asseyez-vous, nous risquons de manquer un peu d'air et il ne faudrait pas chuter… si vous avez des choses à vous dire, soyez brèves !

La jeune fille, dépassée par les évènements, en avait oublié sa colère pour la trahison des sylves. Son regard accusateur se tourna vers les deux fées, pitoyables, qui n'osaient même pas la regarder dans les yeux.

***

Après quelques instants de silence embarrassant, une petite voix honteuse chuchota :

 - C'est ma faute ! lâcha Glëndell. J'étais furieuse parce que tu avais massacré ma fleur sans aucune raison….

Enolynn n'en crut pas ses oreilles :

- Une fleur ! Vous m'avez envoyée ici pour une fleur ?

- Ce n'était pas « juste une fleur » ! répondit Glëndell. Il s'agissait d'une Lunille ! Ces grandes fleurs bleues sont très rares et très fragiles. J'ai veillé sur celle-ci pendant des semaines…. Je l'ai débarrassée des parasites et des fougères. Je l'ai aidée à déployer ses pétales, chaque nuit, pour capter la lumière de la lune. Elle a grandi doucement, s'élevant peu à peu au-dessus de toutes les autres. Elle était majestueuse…. et toi tu l'as tuée sans raison, d'un seul coup de bâton ! Quand je l'ai vue par terre, mourante, j'ai pleuré et j'ai récolté ses pétales…

La sylve eut un hoquet de tristesse en repensant à cette scène. Elle renifla et reprit ses explications :

- Wëndell m'a trouvée comme ça, agenouillée à côté de ma Lunille.

La seconde sylve acquiesça sans dire un mot.

- Nous avons suivi ta piste et nous t'avons trouvée endormie contre le rocher. J'ai eu l'idée de te demander de l'aide pour t'obliger à ramper dans le terrier, à te salir, à te perdre sous la terre… en dessous de toutes les fleurs ! Mais je t'ai aussi donné les précieux pétales de la Lunille, pour que tu retrouves ton chemin grâce à elle. Pour que la fleur puisse t'éclairer et que tu admires sa beauté et sa magie… pour que tu regrettes de l'avoir tuée ! Jamais je n'ai souhaité que tu tombes dans ce souterrain ou que te retrouves en danger. Nous ne savions pas qu'il menait ici. Et quand tu n'es pas revenue, nous sommes allées te chercher, Wëndell et moi, malgré notre dégoût pour les souterrains et les grottes. Nous avons évité les mages, nous nous sommes inquiétées pour toi et puis nous avons trouvé Ozeg. La suite tu la connais ! Le korrigan a activé son piège et nous avons profité de l'obscurité pour aller te chercher et t'amener ici… Pardon ! conclut-elle dans un sanglot.

- C'est à moi de te demander pardon, Glëndell ! répondit Enolynn. J'étais furieuse contre mes parents et je me suis défoulée dans la forêt, sans réfléchir ni sans faire attention.... Vous m'avez piégée mais vous êtes également venues à mon aide… Vous avez été très courageuses ! Et je te promets qu'à partir de ce jour, je veillerai moi aussi sur les fantastiques Lunilles !

Glëndell tourna ses yeux humides vers la jeune fille qui lui offrit son plus beau sourire. Alors le visage de la sylve s'illumina, elle se rapprocha pour s'installer à côté d'Enolynn et sa petite main s'enroula autour d'un doigt de la petite azme.

- Puisque tout le monde en est aux confessions… grommela Ozeg. Je voulais… vous remercier, moi aussi, toutes les trois, de m'avoir sauvé en activant le piège.

Il accompagna ces mots d'une tape maladroite dans le dos de Wëndell qui fut projetée au sol. Enolynn et Glëndell éclatèrent de rire face à l'indélicatesse du korrigan. Celui-ci, embarrassé, tendit négligemment sa main vers la sylve pour l'aider à se relever. Wëndell se mit à rire également en voyant le visage perplexe du korrigan. Celui-ci ricana, pour participer à la liesse collective puis s'adossa à la paroi. Mais il ne put s'empêcher de sourire, pendant un long moment, et cela n'était pas dans ses habitudes !

Ils patientèrent tous les quatre, en attendant que l'huile se consume. Mais Enolynn ne trouva pas cette attente trop déplaisante. Rire lui avait fait le plus grand bien et elle se sentait libérée de toutes ses angoisses.

Ozeg regarda par une des niches et confirma ce que l'obscurité suggérait : il n'y avait plus de flammes, ou presque.

Ils redescendirent par l'escalier étroit et se rassemblèrent au milieu de la salle, puis Enolynn rompit le silence en premier :

- La pierre n'a rien ? Je veux dire : elle n'est pas abimée par le feu ?

- Ce feu n'est pas assez intense pour affecter la roche, répondit le korrigan en donnant un coup de pied à un petit caillou noirci pour le faire rouler jusqu'à la rivière. Et puis là où elle est... elle ne risque rien !

Il savoura les coups d'œil interrogateurs de ses compagnons puis leva négligemment son index vers le plafond sans même le regarder.

- Elle est là-haut ! dit-il simplement.

Enolynn et les sylves basculèrent leurs têtes en arrière. Elles contemplèrent quelques instant la voûte, plongée dans la pénombre, sans rien déceler. La fillette plongea sa main dans sa poche et sortit le dernier pétale de Lunille, un peu chiffonné. Elle le tendit à Glëndell qui secoua la tête. Enolynn écrasa alors le pétale dans ses mains et leva ses paumes vers le plafond.

Au centre de la pièce, une pierre faisait office de clé de voûte. La lumière de la Lunille révéla un étrange symbole. Enolynn le prit d'abord pour un relief naturel car à cette distance, le symbole semblait anguleux, presque primitif. Et en dehors de cette marque, la pierre ne présentait aucune particularité susceptible de trahir ses propriétés extraordinaires.

- Vous la connaissez, elle dépasse à l'extérieur ! expliqua le korrigan en faisant quelques pas.

- Le rocher couché au sommet de la colline ! s'exclamèrent les sylves en cœur.

- Exactement, ajouta le korrigan, c'est un des secrets des Pierres de Runes : elles doivent se trouver en surface pour que leur pouvoir fonctionne ! C'est ingénieux de « cacher » une pierre dans un souterrain alors qu'elle est accessible de l'extérieur… ça brouille les pistes. Mais l'important est que tout cela reste secret !

Ozeg recula discrètement derrière Enolynn. Il saisit un tissu sur lequel il versa le contenu d'une des fioles de sa bourse. Il froissa le chiffon pour bien l'imbiber puis se jeta au cou de la petite azme en lui recouvrant le nez et la bouche.

Enolynn n'eut pas le temps de comprendre ce qui lui arrivait et bascula en arrière. Le korrigan retint la jeune fille dans sa chute et la déposa délicatement. Elle s'enfonça dans les ténèbres, allongée sur le sol, en contemplant la pierre une dernière fois.

*

- Enolynn ? Enolynn ?

La jeune fille fut tirée de son sommeil. Il lui semblait avoir entendu son nom. Elle tendit l'oreille mais n'entendit que le bruissement des feuilles dans les arbres. Il faisait assez sombre maintenant, la journée devait être bien avancée…

La petite azme se redressa et s'étira en grognant, son dos la faisait souffrir. Ce rocher, au sommet de la colline, n'était vraiment pas confortable ! Elle regarda autour d'elle et ce demanda quelques instants ce qu'elle faisait là, dans la forêt. Puis ses souvenirs ressurgirent : elle s'était enfuie, furieuse, puis perdue dans la forêt. Fatiguée elle s'était assise contre ce rocher, au sommet de la colline, et s'était endormie.

Enolynn contempla avec surprise ses vêtements déchirés, humides et sales…

- Que… que m'est-il arrivé ?

Mais cela lui importait peu car elle venait d'entendre distinctement son nom. Quelqu'un était enfin venu la chercher ! La voix de son père retentit de nouveau et la jeune fille dévala la pente pour le rejoindre.

Avant de quitter la clairière, Enolynn se retourna et contempla le rocher, couché au sommet de la colline. Une sensation étrange la tiraillait… Elle balaya ses doutes et s'enfonça dans la forêt en répondant à son père.

Au sommet de la colline, trois petites créatures se tenaient debout sur la pierre et regardèrent la jeune fille s'éloigner.

FIN

Dépôt légal Décembre 2018